A.-J. CAUVET

PAROLES HARMONIQUES

PARIS
E. DENTU, LIBRAIRE-ÉDITEUR
PALAIS-ROYAL, 17-18-19, GALERIE D'ORLÉANS

PAROLES HARMONIQUES

A.-J. CAUVET

PAROLES HARMONIQUES

PARIS

E. DENTU, LIBRAIRE-ÉDITEUR

PALAIS-ROYAL, 17-18-19, GALERIE D'ORLÉANS

©

PARIS. — TYPOGRAPHIE A. POUGIN, 13, QUAI VOLTAIRE. — 7208.

I

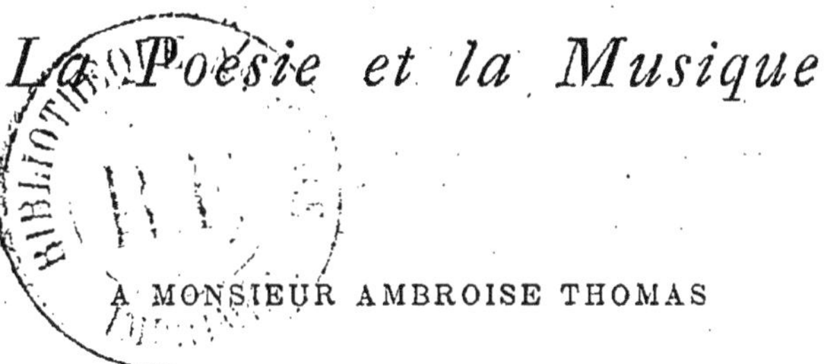

La Poésie et la Musique

À MONSIEUR AMBROISE THOMAS

Sous les lauriers dont le Génie
Couronnait leur chaste beauté,
J'ai vu la Muse et l'Harmonie
Sourire à notre humanité.

Le doux mot, la voix et la lyre
Frappaient au loin l'écho joyeux;
Avec moi la foule en délire
Suivait leur essor vers les cieux;

Sur l'Idée ardente et nouvelle
Qui toute nue osait s'offrir,
Le Chant venait ouvrir son aile
Et sans la cacher la couvrir;

Du rhythme joint à la parole
L'accord, tendre et gai tour à tour,
Etait pour tous le doux symbole
De l'Union et de l'Amour.

Ainsi, par la grâce pareilles,
Ensemble chantaient les deux sœurs;
Et l'une charmait les oreilles,
Et l'autre transportait les cœurs!

II

L'Amour discret

A MONSIEUR CHARLES GOUNOD

Abritez toujours celle que j'adore,
Ailes d'or du bonheur;
Abritez toujours celle que j'adore,
Que j'aime en silence et qui même ignore
Le secret de mon cœur!

Le destin l'exige, il faut le mystère:
Pas un mot indiscret!
Le destin l'exige, il faut le mystère:
Si ma bouche un jour cessait de se taire,
Son nom la brûlerait!

Passant près de moi comme un doux zéphire
Aux premiers jours de mai,
Passant près de moi comme un doux zéphire,
Sa fraîcheur m'embaume et, tremblant, j'aspire
L'air qu'elle a parfumé.

Sa jeunesse en moi doit vivre immortelle,
Rien ne peut la ternir;
Sa jeunesse en moi doit vivre immortelle,
Car j'ai pour la voir toujours pure et belle
Les yeux du souvenir!

Abritez toujours celle que j'adore,
Ailes d'or du bonheur;
Abritez toujours celle que j'adore,
Que j'aime en silence et qui même ignore
Le secret de mon cœur!

III

La Jeune Mère

À MADAME ALFRED C...

La voyez-vous, blonde et vermeille,
Aux yeux d'azur comme le ciel?
La jeune mère est là, pareille
Aux madones de Raphaël.
Qu'une autre, afin d'être plus belle,
Porte maint rubis, maint joyau,
Qu'importe! son fils dort près d'elle :
Est-il un diamant plus beau?

Dieu tutélaire,
Dieu tout-puissant,
Veille sur la mère!
Veille sur l'enfant!

« Dors, mon enfant, dors, lui dit-elle,
Que pour toi les anges des cieux
Fassent de la lyre éternelle
Vibrer les sons harmonieux!
Mais tu t'éveilles et la terre
Rend tes regards tout interdits :
Ne pleure pas, car une mère
C'est encore le paradis. »

Dieu tutélaire,
Dieu tout-puissant,
Veille sur la mère!
Veille sur l'enfant!

« Vers ce portrait que je contemple
Tourne tes yeux pleins de candeur;
De ton père un jour suis l'exemple :
Comme lui sois homme d'honneur.
Plus tard, si le chagrin t'obsède,
Songe, ô mon fils, pour l'apaiser,
Qu'à nos maux le meilleur remède
C'est d'une mère le baiser! »

IV

La Maison Paternelle

A MON AMI AUBÉRY

Protégé par des hêtres
Que baigne un clair ruisseau,
Ceint de vertes fenêtres :
Tel est de mes ancêtres
Le rustique berceau.

Au sein de l'innocence
Là, règne le bonheur ;
Là, souvent l'indigence
Voit de son existence
S'adoucir la rigueur.

Là, vivent loin des haines
Deux vieillards aux doux fronts
Comme aux âmes sereines :
Semblables à deux chênes
Parmi leurs rejetons.

Là, quand le soleil plonge
Derrière le coteau,
L'avenir, doux mensonge,
M'apparaît..., ou je songe
A mon passé si beau.

Jours purs qu'ici fit naître
Un trop heureux destin,
Devais-je vous connaître
Pour vous voir disparaître
Comme un phare lointain?

Adieu, page effacée
Par le temps trop jaloux,
Belle étoile éclipsée...
Seule, hélas! ma pensée
Me rapproche de vous!

V

Un Rêve

A MONSIEUR FAURE, DE L'OPÉRA

Les songes descendus sur un léger nuage
Avaient quitté les cieux,
Quand un ange brillant comme dans un mirage
Soudain frappa mes yeux.

Sa blonde chevelure, en boucles indociles
Flottait sur son cou blanc,
Et je vis se fixer ses grands yeux immobiles
Sur mon regard tremblant.

Oh ! pour que bien longtemps, sous leur brûlante flamme
Mon être eût frissonné,
Pour voir s'y réfléchir tout le feu de mon âme,
Que n'aurais-je donné ?

Que n'aurais-je donné seulement pour lui dire :
« Laisse-moi t'adorer ! »
Et, tout en provoquant ses pleurs et son sourire,
Lui sourire et pleurer ?

Mais une voix venant de la céleste voûte
Vers elle l'appela ;
Et, me laissant au cœur les regrets et le doute,
Mon ange s'envola....

VI

La Belle de Jour

A MADAME E.-E. CHASE DE SALEM

Le gai printemps, dès l'aurore,
Fait éclore
Mille chansons à la fois;
Et moi, fleur humble et vermeille,
Je m'éveille
A ce doux concert des bois.

Car, la nuit, mieux que la rose,
Je repose

Sous un modeste rideau.
Le dieu du jour, dont m'attire
Le sourire,
Phébus seul me paraît beau.

Sortant vainqueur d'un nuage,
Son visage
Radieux vient m'éblouir;
De son éclat qui me couvre
Il entr'ouvre
Mon sein que je sens frémir.

Son ardent baiser m'embaume;
C'est l'arome
Où je puise mes odeurs,
Et son regard qui m'enivre
Fait revivre
Mes plus riantes couleurs.

Et tandis qu'avec extase
Il m'embrase,

Une voix monte vers nous:
C'est l'harmonieux Zéphire
Qui soupire
Et se plaint comme un jaloux.

Du Tendre épris du Suprême
Doux emblême,
Ainsi je vis par l'amour,
Et grâce au dieu que j'adore
On m'honore
Du nom de Belle de Jour.

VII

Jean Larose

A MON AMI COQUELIN

D'une bavarde, Jean Larose
Pour femme, hélas ! avait fait choix,
Quand un oiselier lui propose
Un perroquet dit cacatois.
Devant l'objet qu'on veut lui vendre
« Fi ! dit-il; à quoi bon ceci ?
« Des caquets ! ah ! je sors d'en prendre,
« Merci ! »

Un emprunteur malin lui jure
De tout lui rendre et rit de lui.
Plus tard, pour sa candidature
Il vient réclamer son appui.
« Je vois, dit Jean, où tu veux tendre,
« Et ma réponse la voici :
« Des serments ! ah ! je sors d'en prendre,
« Merci. »

Le mois de mars, avec furie
Partout fait pleuvoir les concerts,
Et les orgues de Barbarie
L'assiégent de leurs affreux airs.
Le soir on veut qu'il aille entendre
Un ténor, et d'effroi transi :
« Des concerts ! ah ! je sors d'en prendre,
« Merci ! »

Son médecin un jour l'engage,
Pour son faible tempérament,
A prendre, comme c'est l'usage,
Des bains boueux à Saint-Amand.

« A Saint-Amand pourquoi me rendre,
« Quand j'ai le macadam ici?
« De la boue! ah! je sors d'en prendre,
« Merci! »

Faux amis et parents cupides
Font souvent qu'il se plaint du sort.
Devant ses héritiers avides
Un vieux prêtre assiste à sa mort.
« — Mon fils, l'enfer peut vous surprendre...
« — Mon père, quittez ce souci :
« Des enfers ! ah ! je sors d'en prendre,
« Merci ! »

VIII

Hymne à la France

A MONSIEUR LAURENT DE RILLÉ

O France, ô patrie, ô ma mère,
Lève-toi; souris à la paix!
Trop longtemps sur ton front sévère
S'apesantit un voile épais.
Marche, et que ton pas nous entraîne
Vers le travail, vers le bonheur.
C'est pour l'amour, non pour la haine
Que le génie est créateur.

Reine des arts, en prodiges féconde,
Par tes bienfaits, France, fais-toi bénir;
Ton astre brille, il éclaire le monde:
C'est le flambeau de l'avenir!

Le marbre, le bronze et la toile
Partout font chérir ton labeur.
C'est dans Paris que se dévoile
Ton industrie en sa splendeur.
Là, chaque nation qu'attire
L'aspect de ta noble beauté,
Peut voir que pour mieux se produire
Il faut aux arts la liberté!

Reine des arts, en prodiges féconde,
Par tes bienfaits, France, fais-toi bénir;
Ton astre brille, il éclaire le monde:
C'est le flambeau de l'avenir!

Dans l'enceinte où ta voix convie
Les gloires de l'humanité,
Offre à nos rivaux, sans envie,
Le laurier qu'ils ont mérité.
Quand ta main, au bon droit fidèle;
Leur tend les prix qui leur sont dus,
Dans une étreinte fraternelle
Que tous les cœurs soient confondus!

IX

Souvenir d'Amour

A MON AMI ERNEST BRUNET

Il a fui le temps du bel âge,
　　Pour ne plus revenir,
Et je n'ai de son court passage
　　Rien que le souvenir.
Doux soupirs, transports, folle ivresse,
　　Vous ne durez qu'un jour...
Oh! qui me rendra ma jeunesse
　　Et mon premier amour?

A vingt ans le destin fit luire
L'astre de mon bonheur.
Une vierge au charmant sourire
Fit tressaillir mon cœur.
Belle et pure, au front de déesse,
Sans faste et sans détour...
Oh! qui me rendra ma jeunesse
Et mon premier amour?

Au foyer de ma fiancée
J'accourais chaque soir;
Elle était toute ma pensée
Et mon plus cher espoir;
Mais la mort vint à ma tendresse
La ravir sans retour...
Oh! qui me rendra ma jeunesse
Et mon premier amour?

X

Devoir et Charité

A MON AMI J.-Y. HALLOCK

Eh quoi ! tu veux cesser de vivre
Lorsque ta vie à peine a commencé?
Avant de l'avoir lu, tu veux fermer le livre?
Pauvre insensé !
Oui, je le sais, pour une infâme
Ton cœur souffre et gémit... Mais peut-être, avant peu,
Un ange versera du baume daus ton âme :
Dieu seul doit nous ravir ce qui nous vient de Dieu.

La coupe est, dis-tu, trop amère:
Le sort cruel t'assaille et te poursuit.
Hélas! souvent l'espoir, ainsi qu'une chimère,
S'évanouit.
Mais si notre plaisir s'envole,
Si tristesse et bonheur pour le sort sont un jeu,
Ne nous reste-t-il pas le devoir qui console?
Dieu seul doit nous ravir ce qui nous vient de Dieu.

Vois-tu ce mendiant qui passe,
Infirme, aveugle, accablé de douleurs?
Ah! cours le secourir pour qu'il te rende grâce...
Sèche ses pleurs.
Quand tu peux calmer la souffrance,
A ce monde, crois-moi, ne va pas dire adieu;
Mais je vois dans tes yeux renaître l'espérance,
Vis pour faire le bien et sois béni de Dieu!

XI

Si tu ne m'aimais plus

SÉRÉNADE

Si tu ne m'aimais plus, fatigué de la vie
Je pourrais de la mort implorer le secours;
Mais quel destin du mien peut exciter l'envie,
Si tu m'aimes toujours?

Que les soucis amers chargent les fronts moroses;
Nous que pour le bonheur l'amour voulut unir,
Ensemble respirons le doux parfum des roses,
Sans peur de l'avenir.

En plaisirs renaissants que chaque heure féconde
D'un plus brillant éclat dore nos fronts joyeux ;
Ne formons qu'un seul cœur et, contents de ce monde
N'envions rien aux cieux !

Vivons pour nous aimer et que le Temps rapide
S'arrête à contempler notre paisible abri,
Et sur ta joue en fleur voyant ma lèvre avide,
Se détourne attendri !

Si tu ne m'aimais plus, fatigué de la vie
Je pourrais de la mort implorer le secours ;
Mais quel destin du mien peut exciter l'envie,
Si tu m'aimes toujours ?

XII

Chanson à boire... et à manger

A MONSIEUR CHARLES MONSELET

Les poëtes ont de tout temps,
Chanté le vin comme la vigne,
Mais, quant au manger, leurs talents
Gardèrent un silence indigne.
Tous, sans excepter Béranger,
A les entendre, feraient croire
  Qu'ils ne savaient que boire,
  Que boire sans manger.

Dieu fit la soif avec la faim,
Deux sœurs bien pâles de souffrance;
Mais le blé naquit près du vin
Et l'on forma double alliance.
C'est à nous, leurs fils, de songer
A chanter leur commune gloire:
  Trinquons à qui sait boire,
  Fêtons qui sait manger!

Le pain et le vin, du caquet
Sont les excitants, dit Molière;
Jugez-en par le perroquet
Et par l'avocat Lachaudière.
Sa cause courrait grand danger
Si, bâillant devant l'auditoire,
  Il n'avait fait que boire,
  Que boire sans manger.

Boire en mangeant fait la santé,
Sans manger boire est un carême.
Le pain, pour vin de qualité
Ferait passer l'argenteuil même.

Du vigneron le boulanger
Est l'égal, c'est un fait notoire,
Puisqu'on mange pour boire
Et qu'on boit pour manger.

Ce monde est un hôtel tenu
Par Bacchus et Cérès la blonde,
Où toujours on voit bienvenu
Le travail par qui tout abonde.
Ah ! que daignant nous héberger
Longtemps dans leur gai réfectoire,
Bacchus nous serve à boire
Et Cérès à manger !

XIII

Le Fratricide

A MONSIEUR MASSENET

Pourquoi le ciel est-il livide
Et le soleil taché de sang ?
C'est que Caïn le fratricide
Frappa le juste et l'innocent.
Ah ! tu l'entends comme un tonnerre
Ce cri qui te glace d'effroi ;
Caïn, qu'as-tu fait de ton frère ?
    Caïn, malheur à toi !

Vois-tu là-bas sortir de l'ombre
Ce spectre affreux ? C'est le Remord.
Sa torche brille à ton œil sombre;
Sa voix rugit : Abel est mort...
Le glaive en main suit la Justice,
En vain tu veux braver sa loi :
Déjà ton meurtre est ton supplice;
Caïn, malheur à toi !

De ta fureur vois la victime
Qui semble encore te supplier.
« Je sais, dis-tu, quel est mon crime,
J'attends; ciel, viens me châtier.
A ta vengeance, oui, je me livre.
Foudres, grondez; tombez sur moi ! »
— Mais non; Dieu te condamne à vivre....
Caïn, malheur à toi !

XIV

Le Retour du Trompeur

A MADAME LA COMTESSE D'ESTOURMEL

Dans le val solitaire
Triste, elle répétait
L'air que, pour mieux lui plaire,
Son trompeur lui chantait.
Et parfois la pauvrette
Regardait le coteau :

Bergeronnette,
Petit oiseau,
Vois-tu ma belle
Au bord de l'eau ?

De ma voix qui l'appelle
Fais-toi l'écho,
L'écho,
Le joyeux écho!

C'est, dit-elle, ici même
Que, me pressant la main,
Il ajoutait: je t'aime!
A son joli refrain.
J'écoutais, inquiète,
Près de lui, sous l'ormeau:

Bergeronnette,
Petit oiseau,
Vois-tu ma belle
Au bord de l'eau?
De ma voix qui l'appelle
Fais-toi l'écho,
L'écho,
Le joyeux écho!

Contre sa voix si tendre,
Contre son doux regard,

Je voulus me défendre;
Mais j'y pensai trop tard...
De mes devoirs distraite,
J'aimais ce chant nouveau:

Bergeronnette,
Petit oiseau,
Vois-tu ma belle
Au bord de l'eau?
De ma voix qui l'appelle
Fais-toi l'écho,
L'écho,
Le joyeux écho!

Plaintive délaissée,
Chaque jour je viens voir
L'endroit où m'a bercée
Un séduisant espoir;
Seule, et baissant la tête,
Je retourne au hameau:

Bergeronnette,
Petit oiseau,

J'accours, fidèle
Au bord de l'eau.
De ma voix qui l'appelle
Fais-toi l'écho,
L'écho,
Le joyeux écho!

Mais près de l'eau qu'entends-je?
Je ne me trompe pas...
C'est sa voix... c'est étrange!
Ciel! il me tend les bras...
Fidèle, il me répète
Notre refrain si beau :

Bergeronnette,
Petit oiseau,
Vois-tu ma belle
Au bord de l'eau?
De ma voix qui l'appelle
Fais-toi l'écho,
L'écho,
Le joyeux écho!

XV

Le Tableau préféré

A MADAME ADÈLE RENAUX

J'aime un tableau champêtre où brille
Le bonheur pur de deux amants
Qui, vers le soir, sous la charmille,
Se répètent leurs doux serments;

J'aime encore la jeune fille
Soutenant les pas chancelants
Du brave aïeul de la famille,
Héros modeste aux cheveux blancs;

Ou la vierge que l'on marie,
Baissant sa paupière attendrie
Devant son époux fortuné...

Mais à ces motifs je préfère
Celui qui me montre une mère
Souriant à son nouveau-né.

XVI

Le Sapin du Mont-Blanc

A MONSIEUR ARTHUR H. CHASE DE SALEM

Vieux sapin du Mont-Blanc, tout noirci par la foudre,
Toi qui par elle fus privé d'un de tes bras,
Semblable au vétéran mutilé, dont la poudre
Marque le noble front fier de tous ses combats;

Dieu seul sait depuis quand, sur ce point solitaire
Tu luttes sans fléchir contre les éléments,
Et que de fois tu vis partir vers notre terre
L'éclair toujours suivi de sourds rugissements.

Ce que je trouve en toi, c'est l'homme de courage
Frappé, mais l'œil stoïque, et résistant au sort;
C'est la conviction qui tient tête à l'orage,
C'est la foi, de l'erreur décourageant l'effort.

Sous ton abri souvent le voyageur s'arrête.
Mais as-tu vu jamais un athée en ce lieu?
« Non, » dis-tu; « comme moi l'homme courbe la tête,
« Lorsque si près de lui tonne la voix de Dieu! »

XVII

Ma Table

A MON AMI ARNAUD-DURBEC

Cher petit meuble sans faste
Qui n'inspires que pitié,
Mais que je trouve assez vaste
Pour recevoir l'amitié;
Sur tes pieds rouillés tu grinces,
Pauvre table, avec fracas:
Cependant pour l'or des princes
Je ne te donnerais pas.

Souvent, cherchant une rime,
Le front trempé de sueur,
Je te rendis la victime
De mon injuste fureur;
Mais, toi, tu semblais sourire
A me voir froissé du coup;
Je croyais t'entendre dire:
« Je te plains, mon pauvre fou! »

Des beaux jours passés ensemble
Je garde le souvenir;
A ton aspect il me semble
Qu'ils vont tous me revenir.
Je te vois comme un derviche
Tourner, tourner en disant:
« Tu seras puissant et riche! »
Suis-je donc riche et puissant?

Comme autrefois je vois luire
Le bonheur du genre humain,
Les peuples fiers de s'instruire,
Sûrs d'avoir un lendemain;

Le bien du mal prend la place;
Et, prompt à se désarmer,
Mars partout veut qu'on s'embrasse...
Douce erreur, viens me charmer!

Sans pleurs je verrais peut-être
Saisir tout mon mobilier,
Si l'on te laissait ton maître,
O ma table de noyer!
Car tu m'offres, pour me plaire,
Le souvenir le meilleur:
Tu fus le prix du salaire
Qu'obtint mon premier labeur!

XVIII

Le Dimanche perdu

A MON AMI DABADIE

Déjà se lève l'aube blanche,
Le soleil sourit à nos yeux.
C'est aujourd'hui dimanche :
Tous les cœurs sont joyeux ;

Mais moi, triste et morose,
Je n'ai qu'un souvenir...
Ah ! que ne suis-je rose,
Ou colombe ou zéphyr !

Si j'étais la fleur qu'elle touche,
Je pourrais me sentir parfois
Monter jusqu'à sa bouche
Et frémir sous ses doigts!

Hélas! triste et morose,
Je n'ai qu'un souvenir...
Ah! que ne suis-je rose,
Ou colombe ou zéphyr!

Si j'étais la colombe agile,
Vers elle mon vol fendrait l'air;
Mes yeux de sa pupille
Reflèteraient l'éclair!

Hélas! triste et morose,
Je n'ai qu'un souvenir...
Ah! que ne suis-je rose,
Ou colombe ou zéphyr!

Si j'étais le zéphyr qui passe,
Au doux objet de mes amours
J'irais dire, à voix basse,
Que je l'aime toujours!

XIX

Le Dénicheur d'Oiseaux

A MON AMI CESARE CARDELLI

L'enfant criait : « Oh ! je t'implore,
Mère, pitié !
Quelque chose au cou me dévore
Ainsi qu'au pied.

« Mère, c'est comme des aiguilles ! »
Je vis alors
Que des fourmis et des chenilles
Couvraient son corps.

Et quand ses cris à fendre l'âme
Furent finis,
J'appris que c'était un infâme
Voleur de nids.

« J'avais dix œufs, reprit-il vite,
Dix, sans mentir,
Lorsque cette engeance maudite
Vint m'assaillir.

« Dix, oui, monsieur, que leurs piqûres
M'ont fait casser...
« — Enfant, dis-je alors, vos murmures
Doivent cesser ;

« C'est Dieu, par ces douleurs amères
Qui vous fait voir
Qu'il faut laisser aux pauvres mères
Leur cher espoir.

« A vos cris mettez donc un terme,
Car ces dix œufs

D'un oiseau contenaient le germe
Dans chacun d'eux.

« Cette engeance cruelle et dure,
Vos deux fléaux,
Devaient être de la pâture
Pour les oiseaux.

« Enfants, soyez de leurs familles
Moins ennemis;
Plus d'oiseaux font moins de chenilles
Et de fourmis. »

XX

Rosine

A SON ANCIENNE AMIE Mlle CONSTANTINE BAILLEUL

À sept ans, pauvre amie,
Dans la tombe endormie,
Tel est ton sort;
Rosine, fleur fanée
Qu'a trop tôt moissonnée
L'aveugle Mort.

Fraîche comme l'Aurore,
Tu courais, hier encore,
Autour de moi;
Et j'aimais à te dire,
En te voyant sourire :
« Réjouis-toi.

« Dans son ramage, écoute...
L'oiseau met sur ta route
Plus de douceur;
Et l'odorante brise
Au lis parle surprise
De ta candeur. »

Hélas! déjà ta vie
Faisait naître l'envie
Du noir Destin ;
Et, par lui condamnée,
Tu n'eus de ta journée
Que le matin.

Ainsi le sort morose
Trop souvent met la rose
Près du cyprès,
Et d'un rêve céleste
Dans nos cœurs il ne reste
Que des regrets.

XXI

Le Petit Tambour

A MON BEAU-FRÈRE JACQUES ROQUE

J'avais six ans quand mon grand-père
    D'un tambour me fit don.
Ma main, d'une marche guerrière
    Vite y chercha le ton.
Sans envieux, plein d'assurance,
    Je fus gai tout un jour...
Ah! rendez-moi ma belle enfance
    Et mon petit tambour!

J'eus, le même jour, une image
Offrant trois généraux.
Sur mon instrument de tapage
Je collai ces héros.
Ils aimaient comme moi la France
D'un véritable amour...
Ah! rendez-moi ma belle enfance
Et mon petit tambour!

Le lendemain, l'air fier et digne,
J'allai cogner devant
Le tambour-major de la ligne
Qui me parut moins grand.
Sa canne m'imposa silence;
Je lui criai: « Bonjour! »
Ah! rendez-moi ma belle enfance
Et mon petit tambour!

Encouragé par mon vacarme,
Chaque enfant, plein d'ardeur,
Me suivait en portant son arme
Et revenait vainqueur.

Des voisins la clameur immense
Fêtait notre retour...
Ah! rendez-moi ma belle enfance
Et mon petit tambour!

Gamins, nous pensions que la gloire
N'appartenait qu'à nous.
Qui nous aurait alors fait croire
Que nous étions des fous?
Sur d'autres bords cette démence,
Hélas! fait son séjour...
Ah! rendez-moi ma belle enfance
Et mon petit tambour!

Mon tambour a longtemps fait rage;
Mais, quand j'eus ma raison,
Je vis bien que le vrai courage
N'est pas dans un vain son.
Le temps fait courber l'arrogance,
Et chacun a son tour.
Ah! rendez-moi ma belle enfance
Et mon petit tambour!

Il était encore naguère
    Chez un petit-cousin,
Près d'Arras, quand butin de guerre,
    Il partit pour Berlin.
Beau cousin, puisse ta vaillance
    L'aller reprendre un jour!...
Ah! rendez-moi ma belle enfance
    Et mon petit tambour!

XXII

Le Zéphyr et la Rose

A MADAME E. A. WYETH

Le Zéphyr disait à la Rose :
« Permets que je dépose
Un baiser sur ton front si pur.
C'est pour l'éclat qui te colore
Qu'au lever de l'Aurore
J'accours du pays de l'Azur.

Reine des fleurs,
Rose aux couleurs
Fraîches écloses,
J'ai mille choses

Du ciel pour toi;
Choses bien belles,
Toutes nouvelles;
Écoute-moi !

Ah ! souffre, avant de te les dire,
Qu'un instant je respire
De tes parfums la douce odeur:
Sur un front gracieux et tendre
Un baiser peut se prendre
Sans que s'alarme la pudeur.

Reine des fleurs,
Rose aux couleurs
Fraîches écloses,
J'ai mille choses
Du ciel pour toi;
Choses bien belles,
Toutes nouvelles;
Écoute-moi !

Mais quoi ! tu détournes la tête,
Comme fait la coquette
Qui repousse un serment d'amour.
Ah ! crois-en ma voix qui soupire,
Je t'aime avec délire...
Et j'en prends à témoin le jour !

Reine des fleurs,
Rose aux couleurs
Fraîches écloses,
J'ai mille choses
Du ciel pour toi ;
Choses bien belles,
Toutes nouvelles ;
Écoute-moi ! »

« — Près de moi, répondit la Rose,
Quand ton aile se pose,
Ce n'est qu'en passant, doux Zéphyr ;
Et chaque fleur du voisinage
Te nomme enfant volage
De l'Inconstance et du Plaisir.

Beau roi de l'air,
Comme un éclair
Tu fuis, tu voles;
Et tes paroles
Sont, comme toi,
Douces, légères,
Mais passagères;
Oh ! laisse-moi !

Un œillet près de moi demeure;
Jusqu'à la dernière heure
Tous deux nous voulons nous chérir;
Mais tu m'embrasses sans m'entendre.
Ah ! j'ai beau me défendre...
Ta lèvre en feu me fait rougir !

Beau roi de l'air,
Comme un éclair
Tu fuis, tu voles;
Et tes paroles

Sont, comne toi,
Douces, légères,
Mais passagères;
Oh! laisse-moi!

Retourne en ton céleste empire;
Laisse-moi le sourire
De l'ami qui fait mon bonheur.
Modeste, heureuse dans sa sphère,
Comme aux champs la bergère,
La fleur doit n'aimer que la fleur.

Beau roi de l'air,
Comme un éclair
Tu fuis, tu voles;
Et tes paroles
Sont, comme toi,
Douces, légères,
Mais passagères;
Oh! laisse-moi! »

XXIII

Pendant qu'Elle sommeille

A MONSIEUR PAUL DE SAINT-VICTOR

Elle dort paisible et sereine
Sous l'aile de la Nuit,
Tandis que des vents sur la plaine
J'entends le léger bruit.
Vous qui la voyez calme et pure
Dans un repos si doux,
Zéphyrs, cessez votre murmure...
Elle dort, taisez-vous !

C'est trop prolonger votre veille,
Belles étoiles d'or :
Bien loin, pendant qu'elle sommeille,
Ah ! prenez votre essor !

Et toi, Lune, en un ciel plus sombre
Porte ton front jaloux.
Astres des nuits, rentrez dans l'ombre...
Elle dort, cachez-vous !

Venez offrir, lutins profanes,
Esprits mystérieux,
Parmi vos troupes diaphanes
Mon image à ses yeux.
Beaux songes, vers ma bien-aimée,
Joyeux, accourez tous,
Comme un essaim, comme une armée...
Elle dort... levez-vous !

XXIV

La Fumée

A LORD DUFFERIN

Tout fume ici-bas : la fumée,
Reine des airs, fille du feu,
Partout, de sa source enflammée
S'élance et remonte vers Dieu.
Loin du foyer qu'elle s'égare,
Qu'elle sorte, en calmant nos sens,
Ou de la pipe ou du cigare,
De la terre au ciel c'est l'encens !

Tournant en spirales actives,
Zébrant au loin l'azur des cieux,
Du sommet des locomotives
Elle prend son essor joyeux.
Comme l'oiseau, vive et légère,
Pars, ô fumée, et pour jamais
A nos yeux sois la messagère
De la Concorde et de la Paix!

A l'horizon voyez-vous poindre
Sur la vaste mer ce vaisseau?
Trait d'union, il court rejoindre
Nos frères du Monde Nouveau.
Signale sa trace, ô fumée,
Et que tes orbes nuageux
A l'Amérique bien-aimée
Portent notre amour et nos vœux!

Des canons, des engins de guerre
Trop longtemps, en noirs tourbillons,
Tu sortis comme d'un tonnerre,
Couvrant les sombres bataillons.

Ah ! plutôt, en progrès féconde,
Sors de l'usine avec fierté :
L'industrie est reine du monde;
Proclame au loin sa royauté !

Ainsi de l'onde et de la terre
S'enfuit la fumée ici-bas ;
Et chaque toit forme un cratère
Qui lui voit prendre ses ébats.
Lorsque notre âme est consumée
Par le chagrin, ce feu mortel,
Fumons, amis, car la fumée
Le dissipe en volant au ciel !

XXV

L'Astre de l'Amour

A MON AMI R. GIRARD

Le soleil rayonne, et vers ta fenêtre
Mon regard en vain cherche ton regard.
longtemps pourquoi tarder à paraître?
Peut-on à vingt ans se lever si tard ?
L'oiseau, de ses chants saluant l'aurore,
Annonce un beau jour et tu dors encore...
A mes yeux charmés, oh ! parais enfin :
N'es-tu pas pour moi l'astre du matin ?

O bonheur ! c'est toi.., j'ai vu ton sourire,
Et ta douce voix chante un gai refrain.
Je te suis des yeux et, pensif, j'admire
Ton ombre qui fuit et revient soudain.
Chez moi, pour te voir, longtemps je séjourne ;
Mais du mien, hélas ! ton front se détourne...
Ah ! je sens trembler mon cœur refroidi,
Viens me ranimer, soleil de midi !

Mais voici venir l'heure de mystère :
Déjà près de nous tout songe au repos,
Et de ton clavier j'entends, solitaire,
Comme des baisers frémir les échos.
Pour que mon tourment en bonheur se change,
Dirige vers moi ton sourire d'ange :
Toi seule tu peux combler mon espoir;
Ah ! brille toujours, étoile du soir !

XXVI

Fleurs d'Acacia

A MADAME WELCH

Douces fleurs qui de l'aubépine
Égalez la suave odeur,
Vous dont la riante églantine
Ne surpasse pas la fraîcheur;
Que j'aime à voir, quand tout reprend naissance,
Vos seins s'ouvrir au souffle du matin!
Fleurs d'acacia, symboles d'innocence,
Balancez-vous dans cet heureux jardin!

Notre commune destinée
Est sujette aux mêmes retours ;
Printemps, jeunesse de l'année,
Jeunesse, printemps de nos jours.
Enfants et fleurs, notre douce existence
S'épanouit sous le regard divin ;
Fleurs d'acacia, symboles d'innocence,
Balancez-vous dans cet heureux jardin !

Mais souvent la pluie et l'orage
Ternissent votre éclat naissant.
Ainsi parfois dès le jeune âge
La mort nous emporte en passant.
Ainsi j'ai vu mon seul ami d'enfance
Subir l'arrêt d'un horrible destin ;
Fleurs d'acacia, symboles d'innocence,
Balancez-vous dans cet heureux jardin !

Le soir, incliné sur sa tombe,
Je prie et crois entendre encor
La terre humide qui retombe
Et le glas qui pleure sa mort.

Il est donc là, dans le port du silence,
Tandis qu'aux flots je me livre incertain...
Fleurs d'acacia, symboles d'innocence,
Balancez-vous dans cet heureux jardin !

Pour moi lorsque viendra cette heure,
Puisse un ami fermer mes yeux,
Et sur ma funèbre demeure
Répandre et des pleurs et des vœux !
Puisse un Dieu bon m'unir dans sa clémence
Aux bienheureux qui le chantent sans fin !
Fleurs d'acacia, symbôles d'innocence,
Balancez-vous dans cet heureux jardin !

XXVII

Le Petit Sphinx

A MONSIEUR MINET

Mon Sphinx, je le proclame,
Est un petit gourmand;
Rusé comme une femme,
Ingrat comme un enfant.
Aimant qu'on le caresse,
Payant peu de retour,
Et cachant, plein d'adresse,
Son hypocrite amour.

Il ne faut pas, je pense,
Par son nom l'appeler;
Et chacun sait d'avance
De qui je veux parler.

Pour se lustrer la face
Il n'a pas son pareil;
L'hiver, il craint la glace
Et l'été, le soleil.
Ni serviteur, ni maître,
Capricieux par goût;
N'aimant que son bien-être,
Paresseux avant tout.

Il ne faut pas, je pense,
Par son nom l'appeler;
Et chacun sait d'avance
De qui je veux parler.

Apte à prendre en cachette,
Ainsi qu'un maraudeur;
Exigeant qu'on le mette
A la place d'honneur.
Flatteur, certain de plaire
En faisant les yeux doux;
Sans amitié sincère
Et cependant jaloux.

Il ne faut pas, je pense,
Par son nom l'appeler:
Et chacun sait d'avance
De qui je veux parler.

Fier du hochet qu'il porte,
Sournois comme un pandour;
Très-propre avant qu'il sorte
Mais très-sale au retour.
Ce beau monstre qu'on aime
Malgré tout, quel est-il?
Messieurs, c'est un problème,
Problème peu subtil...

Chacun peut, j'imagine,
Par son nom l'appeler;
Moi, c'est mon chat Mimine
Dont j'ai voulu parler.

XXVIII

La Fée des Aygalades

A MADAME LA COMTESSE DE CASTELLANE

Près du château des Aygalades,
D'où l'œil contemple au loin les flots,
J'écoutais le chant des cascades
Qui tombaient comme des sanglots.

Soudain le bruit de l'une d'elles
Résonna plus lent et plus clair;
Et, déployant ses vastes ailes,
Une fée apparut dans l'air.

Elle sembla d'abord sourire,
Mais son sourire était glacé;
Et j'entendis sa voix me dire :
Je suis le Spectre du passé.

C'est moi qui, planant sur Marseille,
Ici naguère, au sein des arts,
Par mes chants ravissais l'oreille
Du grand et courageux Villars.

C'est moi qui dus à la nature
Emprunter ses plus beaux attraits
Pour charmer l'enfant d'Épicure
Barras, le Lucullus français :

Plus tard, devenant moins profane
Mais non moins vive en mes plaisirs,
D'un descendant des Castellane
J'illustrai les nobles loisirs.

Que de fois il ouvrit sa bourse
A l'indigent sur ce chemin !
Comme l'eau jaillit de ma source,
L'aumône glissait de sa main.

Ces jours de bonheur et de gloire
Trop vite, hélas ! ont dû finir,
Et leur éclat dans ma mémoire
N'a rien laissé qu'un souvenir. »

Elle dit et, fendant l'espace,
Rapide s'élance, et mes yeux
Vainement cherchèrent sa trace...
Elle était remontée aux cieux.

XXIX

Portrait d'après nature

Un teint frais et diaphane,
Moitié lis, moitié carmin ;
Des yeux tendres de sultane ;
Une rose et blanche main ;

Une pudeur qu'à Diane
On prête au sortir du bain,
Et le joli nez qu'Albane
Rêvait pour un chérubin :

C'est l'idéal sur la terre
Que l'art, dit-on, désespère
De jamais faire entrevoir.

Pourtant cette œuvre si belle
S'offre à toi dans ma prunelle,
Quand tu la prends pour miroir.

XXX

Les Raisons de l'Amour

À MON COUSIN REBOUL

C'est parce que je la vis belle
Que tout d'abord je fus charmé ;
Et c'est pourquoi, tendre et fidèle,
D'elle je voulus être aimé.

Ensuite, l'ayant mieux connue
Dans une douce intimité,
Je l'aimai moins pour l'avoir vue
Que pour sa constante bonté.

Ici-bas on dit que tout passe
Hors le cœur, qui ne change pas,
Hors le sentiment et la grâce
Qui gardent d'immortels appas.

C'est pour cela que je demeure
Comme un lierre à l'arbre attaché,
Jusqu'à ce que ma dernière heure
Pour jamais m'en ait arraché.

Aujourd'hui que j'entends de l'âge
Le cadran sonner sans pitié,
A la chérir mon cœur s'engage
D'amour autant que d'amitié.

XXXI

Les Oiseaux de Jeannette

A MADEMOISELLE LÉONA FERRARI

Gais oiseaux, vite, vite,
Venez de mon pain prendre votre part;
Jeannette vous invite;
Tant pis s'il en est qui viennent trop tard!

Près de moi toujours
Des galants la foule
Vainement roucoule;
Je fuis leurs discours.
Ces fous, chers oiseaux,
Font peu mon affaire
Et je vous préfère
A ces étourneaux.

Gais oiseaux, vite, vite,
Venez de mon pain prendre votre part;
Jeannette vous invite;
Tant pis s'il en est qui viennent trop tard!

Mais quoi! qu'ai-je vu?
Ah! miséricorde!
Au bout d'une corde
Un billet pendu...
Gentils oiselets,
Votre doux vacarme
M'offre plus de charme
Que tous ces poulets.

Gais oiseaux, vite, vite,
Venez de mon pain prendre votre part;
Jeannette vous invite;
Tant pis s'il en est qui viennent trop tard!

Mais, brisons ce fil.
Quelle est cette histoire?
Voyons, ce grimoire
De qui me vient-il?

6

Ciel! c'est mon voisin
Jean, sincère et sage,
Phénix du village,
Qui m'offre sa main!

Ah! voisin, venez vite,
Vite, à mon destin prendre votre part;
Jeannette vous invite;
Tant pis s'il en est qui viennent trop tard!

XXXII

La Phalène

A MON AMI JULES REVEL

Quand ma paupière est close,
Toi dont le vol se pose
    Sur moi sans bruit,
Pourquoi troubler mon somme,
Papillon que je nomme
    Rôdeur de nuit?

A travers mes fenêtres,
Lorsqu'ainsi tu pénètres,
    Beau papillon,
Pour que je me rendorme,
Viens que je te transforme
    En postillon.

Va, dévorant l'espace,
Sans que puisse une place
Te retenir,
Jusqu'à ce que paraisse
Celle dont j'ai sans cesse
Le souvenir.

De la fraîche églantine
Sa joue aimable et fine
A l'incarnat,
Et jamais une ride
N'a de son front candide
Terni l'éclat.

Respirant son haleine,
Sur elle, ô ma phalène,
Va te fixer;
Et sur sa bouche rose
Pour moi vole et dépose
Un doux baiser.

Sans qu'elle se réveille,
Va, parle à son oreille
De nos amours.
Provoquant son sourire,
A ses yeux fais reluire
Nos heureux jours.

Beau lutin, que ton aile
Se déploie et, près d'elle
Va-t'en sans bruit
Traverser son doux somme,
Papillon que je nomme
Rôdeur de nuit!

XXXIII

Si j'étais Chansonnier

A MON AMI JULES PEYRACHE

Si du Destin je tenais la puissance
    De plaire en mes chansons,
Ma tendre Muse aurait pour la souffrance
    Toujours les plus doux sons;
A l'affligé je dirais: « Aime et prie;
    Espère, au prisonnier;
A l'exilé: Le ciel est ta patrie...
    Si j'étais chansonnier. »

Puis je dirais à l'heureux de ce monde:
« Sois juste et fais le bien;
De tout cet or qui dans ton coffre abonde
Tu n'emporteras rien.
Songe que Dieu, si ton cœur est avare,
Saura te renier... »
Et devant lui j'évoquerais Lazare,
Si j'étais chansonnier.

Montrant l'Amour au bras de la Jeunesse
Sous la charmille en fleur,
J'ajouterais: « Jouir c'est la sagesse,
Aimer c'est le bonheur.
Dansez, amis, comme autrefois vos pères,
Sous le vieux marronnier! »
Et les soucis fuiraient les fronts austères,
Si j'étais chansonnier.

Loin de pousser les peuples à la guerre,
Par mon cœur excité
Je leur dirais: « Respectez votre mère,
Fils de l'Humanité.

Des jours féconds en horreurs, en alarmes
Vienne enfin le dernier! »
Puis de la paix j'exalterais les charmes,
Si j'étais chansonnier.

Pour raffermir ton âme, ô ma patrie,
Tu verrais dans mes vers
La Liberté, les Arts et l'Industrie
Effacer tes revers;
Et renaissant, comme on revit sous l'aile
Du zéphyr printanier,
Tu reprendrais ta splendeur éternelle,
Si j'étais chansonnier!

XXXIV

Le Sylphe

A MADEMOISELLE NELLIE EARLE

Quand tout repose en silence,
Dans le bocage ou sur l'eau
Je m'élance;
Plus rapide que l'oiseau
Je vole, vole, vole;
Sylphe léger, de l'air je suis le roi;
Je vole, vole, vole,
Et cause, en ma course folle,
Tantôt l'amour, tantôt l'effroi.

Parfois pourtant je m'arrête:
C'est quand je trouve un méchant
Que je guette;
De sa couche m'approchant,

Je tire, tire, tire
Jambes ou bras au fourbe, à l'imposteur;
Je tire, tire, tire,
Et j'éprouve un vrai délire
A m'amuser de sa terreur.

Près de l'enfant qui sommeille
Je plane aussi doucement
Qu'une abeille;
Autour de son front charmant
Je tourne, tourne, tourne;
J'offre à ses yeux astre, fée ou trésor;
Je tourne, tourne, tourne;
Et c'est par moi que séjourne
Sur son chevet le rêve d'or.

Sur la vierge au teint de rose
Pour l'embrasser, tout joyeux
Je me pose;
Puis, fascinant ses beaux yeux,
Je danse, danse, danse;
Je fuis, m'éloigne et reparais toujours :

Je danse, danse, danse;
Et vers elle aussi s'avance
Son promis, suivi des Amours.

Avec des fleurs sur la tête
J'apparais aussi parfois
Au poëte;
Et, de ma plus douce voix,
Je chante, chante, chante;
Les plus beaux vers me viennent à foison;
Je chante, chante, chante,
Et ris bien quand il se vante
D'avoir lui seul fait sa chanson!

Quand tout repose en silence,
Dans le bocage ou sur l'eau
Je m'élance;
Plus rapide que l'oiseau
Je vole, vole, vole;
Sylphe léger, de l'air je suis le roi;
Je vole, vole, vole,
Et cause, en ma course folle,
Tantôt l'amour, tantôt l'effroi.

XXXV

Hymne au Créateur

A MADAME LA MARQUISE DE LAMET

I

(POUR VOIX DE BASSE OU DE BARYTON

Terreur du crime,
Unique espoir de la douleur,
Toi dont l'œuvre sublime
Révèle aux yeux la grandeur;
Dieu créateur de la lumière,
Éclaire-moi dans l'ombre où vont mes pas;
Prête l'oreille à ma prière;
Et si l'Esprit du mal me livre des combats,

Pour défier son bras perfide
Prête à mes faibles mains le glaive de la Foi;
Sous ta noble égide
Protége-moi,
Dieu tout-puissant, protége-moi !

II

(POUR VOIX DE SOPRANO)

Bonté suprême,
Qu'en songe tes divins lambris
Du jeune enfant qui t'aime
Charment les yeux attendris !
Fais-le planer avec les anges
Dans l'Empyrée où tu règnes sans fin;
Qu'au doux concert de tes louanges
Il unisse sa voix au chant du Séraphin.
Dans son miroir que l'Espérance
D'un splendide avenir évoque les beaux jours.
De son innocence
Sois le secours,
Dieu tout-puissant, sois le secours !

III

(POUR VOIX DE TÉNOR)

O Providence,
Veille sur nous, soutiens nos cœurs.
Voix de la conscience,
Parle et confonds nos erreurs.
Sur la terre, après tant d'orages,
Répands le calme et la paix et l'amour.
Montre au juste accablé d'outrages
L'âme prenant son vol vers l'éternel séjour.
De tous les biens source féconde,
Bénis l'Humanité qui t'implore à genoux;
O maître du monde,
Exauce-nous;
Dieu tout-puissant, exauce-nous !

TABLE

PARIS. — TYPOGRAPHIE A. POUGIN, 13, QUAI VOLTAIRE. — 7208.

6

www.ingramcontent.com/pod-product-compliance
Ingram Content Group UK Ltd.
Pitfield, Milton Keynes, MK11 3LW, UK
UKHW020931180726
13838UKWH00002B/877

9 782329 104072